# CONCHES,

## *POËME.*

Par ch. Delisle d'après la
France ill. de Guerard

# CONCHES,

## POËME

## AU ROI.

M. DCC. LXXIX.

# AVERTISSEMENT.

Quoique la beauté de la Poéfie ne confifte pas dans l'arrangement de deux rimes féminines après deux rimes mafculines, &c., je n'ai eu nul deffein de m'élever contre cette regle : je l'ai fuivie dans d'autres Ouvrages. Dans celui-ci, j'ai laiffé aller les rimes comme elles ont voulu, felon les loix de l'aimable Nature. Je me rappelle ce que dit M. l'Abbé des Fontaines dans fon Difcours fur la Traduction des Poëtes : « Pour ce qui eft de » la rime qui caractérife particuliérement nos » vers, on me permettra de compter pour » peu de chofe cet agrément, qui eft inca- » pable de faire par lui-même une vive im- » preffion fur notre ame. Tout le monde » convient qu'il peut même y avoir de la » Poéfie fans vers. Que la Poéfie foit mefurée » & rimée, ou qu'elle foit parfaitement libre » & affervie aux feules loix de la fuperbe » oreille, fans dépendre des loix arbitraires » de la verfification, c'eft toujours de la » Poéfie, qui ne confifte effentiellement que

» dans les images hardiment deſſinées, dans
» les couleurs vives , dans les expreſſions
» vigoureuſes , dans les tours ſerrés & ex-
» preſſifs , dans un langage doux , coulant
» & mélodieux, ſans foibleſſe, ſans langueur,
» ſans prolixité. » Au ſurplus , deſirant ainſi
la bienveillance de tout le monde , je ne
cherche point pour moi de louanges.

# CONCHES,
## POËME
## AU ROI.

## CHANT PREMIER.

JE FIS D'ABORD trembler un cœur dur & perfide.
Sous les loix de Philis des plaifirs trop avide,
Craignant un Dieu jaloux, déteftant tout détour,
Je voulus méchamment peindre le fol Amour.
Mon ame, en ces Ecrits, trifte, peu fatisfaite;
Je vais ici vanter une *Beauté parfaite*,
Dévouée à jamais au culte des autels,
Beauté digne des vœux des plus fages mortels.

Par quel effet, GRAND ROI, d'une bonté divine,
Te dirai-je fon Nom, & mon humble origine?
Ah! pourrai-je jamais, dans ma reconnoiffance,
Te chanter dignement les lieux de ma naiffance;
Lieux fortunés, où Dieu, dans une eau fainte &
    chere (1),

---

(1) Saint-Louis fe faifoit appeller *Louis de Poiffi*.

A iv

Mé lava du péché de mon antique Pere!
Beaux lieux, où, fous les foins d'une veuve fidelle,(1)
J'entrevis, dans les pleurs, une gloire éternelle!
Oui, la félicité confifte dans les larmes :
Une ame vertueufe, au milieu des allarmes,
Leve les yeux au ciel, voit un Confolateur.
Agréez votre éloge, ô mere de douleur !
Se raffurant en Dieu dans un humble filence.
« Mon cher fils, me dit-elle un jour dans mon enfance,
» Nous fommes affligés; Dieu, fans doute, nous aime;
» Vous le verrez, j'efpere en fa bonté fuprême,
» Glorifier les pleurs de votre trifte mere.
» Que cette vie, hélas! m'eft devenue amere!
» Vivons en attendant les décrets du Seigneur :
» C'eft l'Efprit faint qui mene au folide bonheur.

Aimable Providence! ô Dieu plein de bonté!
Bienheureux qui foumis vit à ta volonté!
Viens, cher Confolateur, que chaque jour j'afpire;
Je le vois, ô *Beauté*, pour qui le ciel m'infpire!
Il me fait un fignal ... Quelque foit le reproche,
Je cours dans mes tranfports, humblement je
        l'approche.
Il me regarde en pere, & me donne la main.

(1) Didon auroit bien goûté cette épithete de *fidele*,
Non licuit Thalami expertem fine crimine vitam
Degere more feræ, tales nec tangere curas
Non fervata fides cineri promiffa Sichæo !
                              Virg. En. Liv. 4.

D'un fouris de bonté, d'un air pur & ferein :
« Confole-toi, mon fils ; retiens tes douces larmes ;
» Je prendrai foin de toi. » Doux fentiment! quels
        charmes !
« Je vais, au premier jour, t'enfeigner le latin :
» Adieu, mon fils, adieu » ; me refferrant la main.
Mon cœur peint dans mes yeux, j'arrive avec vîteffe.
Tendre mere, quel fut votre air de politeffe,
En ce moment d'efpoir où j'effuyai vos pleurs?
« Que le ciel, mon cher fils, nous comble de faveurs!
» Mes vœux font accomplis : un regard falutaire,
» Dont il a quelquefois honoré votre mere,
» Me faifoit préfager de fi rares bienfaits.
» N'oubliez pas ce jour ; vivez : que pour jamais
» Le refpeétable nom de votre Bienfaiteur
» Se grave en votre efprit, au fond de votre cœur.
» De quels pénibles foins ce pere généreux
» Va fe charger? Mon fils, ce bienfait vient des cieux.
» Rendons graces à Dieu de fes précieux dons.
» Si vous fuivez l'exemple & les fages leçons
» De ce Miniftre faint que tout le monde admire,
» Que vous deviendrez grand » ! Affayons, je refpire.
Je veux, puifque mon Dieu me comble de fes graces,
Préfenter à mon Roi, fous fes diverfes faces,
Le fidele tableau de ma chere Patrie.


  Sur la croupe d'un Mont, vive, toujours fleurie.
*Conches* femble, GRAND ROI, s'enlever dans les cieux.
Demeure fortunée! objets délicieux !

                A iv

Goûte ici le bonheur inaltérable & pur :
Vois ce vif coloris, ce foleil, cet azur.
Tout rit dans ces beaux lieux, tout s'anime, tout flatte.
Viens marcher fur des fleurs ; tout brille, tout éclate.

J'apperçois dans la nue, ô Donjon formidable !
De ton antiquité le maintien vénérable.
Sur ce fommet fameux quels étoient mes tranfports,
Lorfqu'après cent détours, cent faux pas, mille efforts,
Je mefurois le ciel dans ta fuperbe enceinte.
En ces brillans calculs, de mont en mont fans crainte,
J'euffe gravi, percé le féjour glorieux...
Promenant à l'envi mes regards curieux,
Mes efprits élevés, j'aime ton noble afpect.
Je te touchois, mon cœur faifi d'un vrai refpect.

Delà, vous contemplant, falutaires Murailles,
Qui renfermez ces lieux dans vos chaftes entrailles,
Vous me repréfentez les beaux Murs d'Agrigente (1).
Fais-en l'aveu, GRAND ROI, d'une joie obligeante.

Baiffons les yeux vers toi, Nimphe pure, admirable :
Dis quel eft ton principe, ô liqueur defirable !
Je dépeins ton Palais, élégante ftructure !
Je te vois rejaillir, voluptueux murmure !

_____

(1) *Arduus inde Agragas oftentat maxima longe*
   *Mœnia.*

                              Virg. En.

Quel plaifir, dans ton fein, de fe délicater !
La montagne en travail fe plaît à l'enfanter.

Quel charme de vous voir, douces, belles Prairies !
Errez çà , là ; volez, ô mes Mufes chéries !
Vous remontrez Biblis, qui, fur la molle arêne,
Embelliffant vos fleurs, lentement fe promene.
Riche diverfité ! fplendide ameublement !
Vois ces côteaux pompeux, fuis, vois le firmament,
Le Donjon fur fon roc ; ce vieillard droit encore
Regarde avec grandeur ces beaux lieux qu'il honore.
Cette Ville enchantée, en fa douce éminence,
Confidere à loifir leur flatteufe préfence.

Arrêtons... . . . . je gémis, infortune feconde !
Trifte reffouvenir du Naufrage du monde !
Etranges mouvemens ! & quelle profondeur !
Mais quelle fombre idée en ces jours de fplendeur ?

Entends-tu dans les airs des fons mélodieux ?
Mon ame fe raffure ; elle s'envole aux cieux.
Qu'êtes-vous devenus, beaux jours, fiecles naiffans,
Temps féconds de l'Eglife, Efprits fi floriffans ?
Précieux monument ! douce, tendre alégreffe !
Vertu pleine d'appas ! ô divine fageffe !
Tu rougis, quel affront ! bientôt quel dur fupplice !
Quelle croix ! tu te meurs ; vis, tu n'es pas complice.
Des abus que le ciel voit commettre à tes yeux,
Le glaive fufpendu, fait droit à tes ayeux.

Vis-à-vis de ce temple, à l'autre extrémité
Qui forme du vallon la large immenfité,
Se montre avec éclat l'heureufe platte-forme
D'un Mont rapide, uni, doux à l'œil quoiqu'énorme.
Là, propofois-je un jour, (le fait étoit galant ;
Il faut fe dérider fous un ciel fi brillant.)
Envifagez fa bafe, & toifez fa hauteur.
Si, de cette uniforme, un de ces jours, fans peur,
Sans troubler de Biblis le cours pur & tranquille,
Vous me faites marcher en fpectacle à la Ville,
Dans la ligne élevée & droite, « Y penfez-vous?
M'objecte un indifcret dans un dépit jaloux ;
» Les peres dominans jureroient au paffage :
» Ils ne fouffriroient pas qu'on leur portât ombrage. »
Ne vois plus ces coureurs, que d'un œil de travers.....
Contemple ce Clocher qui fe perd dans les airs.
Cette délicateffe & fes fleurs, fes feftons,
Quels diamans ! quels feux ! vante ces doux rayons.
G R A N D  R o i, fens mon ardeur ; que ma joie eft
      profonde !
Je vois près de Memphis les vanités du monde (1).

_____

(1) Allufion aux pyramides d'Egypte ; on peut voir à cet
égard M. Rollin, *Hift. Anc.*

# CHANT II.

ENTRONS dans la Cité; que ce peuple eſt modeſte!
Ravi, je vole à toi, Jéruſalem céleſte!
Sous ce regne de paix, dans leurs tendres amours,
Ils béniſſent leur Dieu, LOUIS & ſes beaux jours.
Aſſidus au travail, tribut de la Nature,
Ils ménagent les biens que le ciel leur procure,
Diſpoſés à donner, dans leur conſtante foi,
Une épargne ſi chere, & leur ſang pour mon Roi.

Voici cet humble toit qui m'a fait voir le jour.
Quel bonheur d'être né! miraculeux ſéjour!
(1) ⎧ Cette chambre jadis éleva mon enfance;
⎪ Mon pere, mes ayeux y ſont nés, y ſont morts:
⎨ Cette ſimplicité rappelle ma naiſſance;
⎩ Ces lieux ſeront toujours mes ſuperbes tréſors.
J'ai perdu mon oncle, image de mon pere,
Ma joie & mon honneur, ferme appui de ma mere.
Frappé de ſa vertu, je brûlois dans mes vœux.
Qui te comprend, grand Dieu! dévoile ici mes yeux.
Toujours le ſeul objet qui l'attache à la vie,
Je n'en ai plus beſoin; ſa carriere eſt remplie.
Que regretteroit-il, ce mot ſi plein de charmes?(2)

---

(1) On lit dans cette chambre ce quatrain compoſé avant ce Poëme.

(2) Il faut voir ſon Elégie.

Il desire avec moi…. Je vois couler des larmes :
Elles percent mon cœur ; je veux le voir heureux.
Ah ! mon Dieu le transporte ; il entre dans les cieux !..

Soyons édifiés de voir ce Citoyen,
Sérieux au travail, profond dans l'entretien ;
Sacrifier ses jours, les douceurs de la vie.
Cet esprit généreux ! … Il n'a point d'autre envie
Que de faire le bien, d'élever ses parens.
Je fixe près de lui ses dociles enfans ;
La plupart orphelins, tous bien aimés des cieux,
Qu'en différens hameaux d'un choix judicieux,
Dans sa course annuelle épris d'un tendre zèle,
Il a su rencontrer & couvrir de son aile.
Exercés sous ses soins, par degré de jeunesse,
Il sait former leurs mœurs dans des loix de sagesse.
Candeur ! humilité ! pure Religion !
La sublime vertu brille en cette maison.
Là, je ne gémis point d'une fade contrainte :
J'en vois avec éclat l'ineffaçable empreinte.

Flatteuse propreté ! doux maintien ! ô décence !
Frugalité féconde ! heureuse intelligence !
Avec quel agrément cette table est parée !
Des Anges je crois voir une table sacrée.
Goûte un plaisir secret, & seconde mes vœux.
Qu'il est grand, Puissant Roi, de faire des heureux !
Certaines nuits, une heure, à regret il sommeille ;
Il n'a point d'autre bien que le fruit de sa veille.

Elevé vers son Dieu, jettant sur sa conduite
Un sévere regard ... nuit & jour il médite.
« Je déteste votre or pour une cause injuste. »
Il confond l'orgueilleux dans son sénat auguste.

Citoyens endormis, levez, levez les yeux :
Voyez l'astre qui luit & colore ces lieux.
Avec un saint respect votre cœur attendri,
Reconnoissez de Dieu le second fils chéri.
Quoi ! vous l'avez vu naître, & le voyez encore,
Et vous méconnoissez l'Astre qui vous décore ?
Pensez à sa naissance, & suivez-le par-tout :
Considérez-le bien de l'un à l'autre bout ;
Regardez dans ses yeux : à sa vie, à sa grace,
Rappelez-vous du Christ les vertus & la trace.
Tremblons, Concitoyens ; l'ingrat est condamné :
Dieu nous demandera comme il nous a donné.
Concevez-vous de Dieu la prédilection,
Et de mon Bienfaiteur la tendre affection ?
Dans sa simplicité naturelle, divine,
Il vous donne un coup-d'œil, il vous voit, vous devine ;
Sa présence refond les esprits violens.
Il prêche l'Evangile en termes excellens.
Dans sa conception céleste, magnifique,
Mal-à-propos enflés des fleurs de Rhétorique,
Venez le contempler, Esprits fiers, fastueux :
Son ame se déploie en transports vertueux ;
Il pénetre les cœurs, les bons & les pervers.
Sans étude il en voit les mouvemens divers.

Dans cette folitude éclatante de gloire,
En ce filence faint, où le ciel & l'hiftoire
Du genre-humain, des Rois font préfens à fes yeux,
Il ne me parle point de crimes ni des cieux.
Il eft d'heureux momens ; fon exemple, fon nom
Ne font-ils pas par-tout une vive leçon ?
Rare efprit de pudeur ! fincere humilité !
Je refpire en tremblant l'odeur de fainteté.
A l'amour de l'étude il forme mon efprit.
Des Sciences, des Arts, il vante le crédit
A toute heure, en tout temps d'un courage héroïque.
A m'inculquer fes dons il s'efforce, il s'applique.

Qu'il étoit de beaux jours ! féduifantes forêts !
Coudriers, néfliers, vifs tranfports, doux attraits,
Tranquille goupigni ; jardin frais des fontaines,
Toi, garenne riante, & vous, fuperbes plaines,
Lieux charmans, où, mon cœur forti de fa détreffe,
Je goûte les plaifirs d'une paix vengereffe !
Amitié généreufe, & quelle fermeté !
Douce précaution ! chere affiduité !
Vertu forte ! prodige ! ô vertu fans exemple !
Mon très-cher Bienfaiteur, quand mon cœur te
        contemple,
Lorfque je conçois bien tes heureux fentimens,
Ta fenfibilité, ces purs épanchemens,
( Tu daignois m'embraffer, fouvenir glorieux !
Vingt fois j'ai vu le ciel ouvert dans tes beaux yeux.)
                                        Les

Les bienfaits empreffés, généreux de ton Frere,
Grands cœurs, belle union à jamais douce & chere (1),
Fatale infirmité ! lit trifte, douloureux !
Lorfqu'en ces contre-temps inquiets, malheureux,
Conduifant ton Troupeau, fuivant les Médecins,
Par-tout, multiplié, j'éprouve que tes foins,
Tes lumieres enfin me rendent à la vie,
Divin Confolateur, que mon ame eft ravie !
Tant que de l'Eternel les Anges enchantés,
Dans le fein du bonheur, chanteront les bontés,
Et que fes doux regards tranfporteront leur ame,
Je fentirai pour toi cette ardeur qui m'enflamme.
Dieu fera fon féjour au profond des enfers.
*Conches* verra les cerfs paître au milieu des airs,
Plutôt que ton Image, ô puiffant Protecteur !
Sorte de mon efprit, s'efface dans mon cœur.

---

(1) Allufion à une maladie, durant laquelle le bon Citoyen épuifa ce qu'il avoit de meilleur, qu'il prévoyoit me convenir. Il m'apportoit quelquefois lui-même toutes fes richeffes, avec une attention & une générofité bien étonnante, n'ayant jamais rien mérité de lui, non plus que de fon augufte Frere.

B

# CHANT III.

Sois món foutien, GRAND ROI, protége ma cité.
Faifons encore un pas : de ce grave côté,
Chéris cette forêt qui borde les remparts.
Suivez, limiers : écoute…, & vois de toutes parts.
D'indomptables géans dans les feux, dans les fers,
Habitent ces bas lieux, les types des enfers.
Allons les voir mugir dans leur noire prifon.
Le pied ferme, perçons dans ce ruftre vallon.
On dit que de l'Etna, déferteurs unanimes,
Ils franchirent les mers marchant dans les abîmes.
« Ce noir vallon paroît, à mon gré, gracieux,
Se complimentant tous & du gefte & des yeux:
» Cyclopes, dit leur chef, fixons-nous fans retour. »
Ils ravagent fans fin tous les lieux d'alentour.

Nous verrons Polypheme (1), & fa main redoutable,
Sa barbe enfanglantée, ô monftre épouvantable !
Ne pouvoir oublier un trop funefte affront !…
Ce feul œil qu'il portoit au milieu de fon front,
Œil femblable, dit-on, au difque du foleil,
N'eft plus qu'un bloc infect, impétueux réveil.…

Quels bruits confus, dans l'air cette épaiffe fumée !..

---

(1) *Voyez* En.

Avançons, que de feux! quel combat! quelle armée!
Demeurons toutefois à certaine diſtance;
La plus haute valeur n'exclut point la prudence.
Quels ſouffleurs vigoureux! ces feux au loin réſonnent!
Cent furieux rayons de ce gouffre ſillonnent.
Quel aigle, à ce regard n'eût les yeux faſcinés?
Eſt-ce dans de tels feux que brûlent les damnés?
Qu'apperçois-je? fut-il choſe plus ſurprenante?
Quelle ſource infernale! exhalaiſon brûlante!
Regarde ce géant, ſes bras nerveux, terribles,
Cet air dont il ſaiſit ces tenailles horribles:
Quels rugiſſans éclairs environnent ce foudre!
La machine n'eſt plus; elle eſt tombée en poudre.
Le marteau monſtrueux étincelle, s'irrite:
Le géant attentif lui fait face, il l'excite;
Le Tonnerre éclate: ah! ciel, quel coup effroyable!
Tout s'ébranle, excepté cette enclume immuable.

Détournant par ici nos regards effrayés,
Un fer long de mon bras s'alonge de vingt pieds:
Je le vois à l'inſtant en dix branches tranché.
Quels étranges ciſeaux, le preſſant embouché!
C'eſt vu; le temps eſt cher: portons ailleurs nos pas.
Périſſons, s'il le faut; mais d'un noble trépas.

Là, qui s'offre à ma vue? exécrable caverne!
Voici les triſtes bords, les étangs de l'Averne:
Fuyons au loin ces eaux lentes, noires, bourbeuſes,
Exhalant jour & nuit des vapeurs vénéneuſes.

J'en ai vu s'élancer de tortueux ferpens :
Ils rempliffent les airs d'effrayans fifflemens.
Sages, n'affrontons point le vallon odieux :
C'eft affez de portraits de ces lugubres lieux.

Tranfperçons ce cahos ; rochers retentiffans !
Bois vantés des véneurs! ô Cieux refplendiffans !..

Source féconde & pure, encore du vrai beau !
Vois ce mouvant criftal, délectable ruiffeau !
Ses bords femés de fleurs, il s'aigaie ; il folâtre.
Dans le fein des forêts en cet amphithéatre,
A l'abri du danger, qu'il m'eft doux de te voir !
Sur tes charmans gazons, que n'ofé-je m'affeoir !
Des lieux qui t'ont vu naître, où vas-tu donc te rendre?
Pour Biblis, cette belle épris d'un amour tendre,
L'on t'entend foupirer, & quelquefois te plaindre.
Gazouille, fui, pétille ; il s'en va la rejoindre.

Que vois-tu dans mes vers, ô GRAND ROI, qui te
blèffe ?
J'efpere un jour chanter tes vertus fans foibleffe.
Près de ta Majefté, quelle élévation !
SIRE, quelle eft pour toi ma vive émotion !
Fils aîné de l'Eglife, image de Dieu même,
Qui, contemplant l'éclat de la Beauté fuprême,
Vas montrer aux Mortels diffolus en tous lieux,
Un Roi jufte, un Roi fort, un Roi religieux,
Mon cœur voyant en toi le vrai Dieu que j'adore,
Puiffe ton cœur fentir combien le mien t'honore !

Puis-je verfer mon cœur dans le cœur de mon Roi!
Auffi bon que mon Dieu daigne élever ma foi.

―――――

Graces à Dieu, j'ai compofé les trois premiers
Chants de C O N C H E S. Si mon Roi, que j'ai, dans
un fens, comme laiffé au milieu des forêts, vouloit
y chaffer, environné des Princes de fa Cour, je
m'imagine que l'on verroit majeftueux, un divin
dénouement.

www.ingramcontent.com/pod-product-compliance
Lightning Source LLC
Chambersburg PA
CBHW070910200626
46818CB00006BA/2462